Izomar Camargo Guilherme

A lagartixa que virou jacaré

4ª EDIÇÃO

Ilustrações do autor

© IZOMAR CAMARGO GUILHERME, 2017

1ª edição 1987
2ª edição 1999
3ª edição 2004

COORDENAÇÃO EDITORIAL **Maristela Petrili de Almeida Leite**
EDIÇÃO DE TEXTO **Marília Mendes**
COORDENAÇÃO DE REVISÃO **Elaine Cristina del Nero**
REVISÃO **Dirce Y. Yamamoto, Gloria Cunha**
COORDENAÇÃO DE EDIÇÃO DE ARTE **Camila Fiorenza**
DIAGRAMAÇÃO **Cristina Uetake**
ILUSTRAÇÕES DE CAPA E MIOLO **Izomar Camargo Guilherme**
PROJETO GRÁFICO **Marcelo Martinez | Laboratório Secreto**
COORDENAÇÃO DE BUREAU **Rubens M. Rodrigues**
PRÉ-IMPRESSÃO **Alexandre Petreca**
COORDENAÇÃO DE PRODUÇÃO INDUSTRIAL **Wendell Jim C. Monteiro**
IMPRESSÃO E ACABAMENTO **Gráfica Elyon**
LOTE **774094**
COD **12106034**

Dados Internacionais de Catalogação na Publicação (CIP)
(Câmara Brasileira do Livro, SP, Brasil)

Guilherme, Izomar Camargo
  A lagartixa que virou jacaré / Izomar Camargo Guilherme; ilustrações do autor. – 4. ed. – São Paulo : Moderna, 2017. – (Coleção girassol)

  ISBN 978-85-16-10603-4

  1. Literatura infantojuvenil I. Guilherme, Izomar Camargo. II. Título. III. Série.

16-00063   CDD-028.5

Índices para catálogo sistemático:
1. Literatura infantil   028.5
2. Literatura infantojuvenil   028.5

Reprodução proibida. Art.184 do Código Penal e Lei 9.610 de 19 de fevereiro de 1998.

Todos os direitos reservados

EDITORA MODERNA LTDA.

Rua Padre Adelino, 758 - Belenzinho
São Paulo - SP - Brasil - CEP 03303-904
Vendas e Atendimento: Tel. (11) 2790-1300
www.modernaliteratura.com.br
2023
Impresso no Brasil

Para meus pais,
Isolino e Martha.

Era uma vez uma lagartixa que se chamava Filomeno. Ele era pequenininho, magrinho e vivia sempre muito tristinho.

Sabem por quê?

Porque tinha um grande sonho na vida, um sonho meio impossível. Ser um astro de cinema? Não! Ser um grande jogador de futebol? Não! Ser um astronauta arrojado? Também não.

Se eu disser, ninguém vai acreditar!

O grande sonho dele era ser um... JACARÉ! Isso mesmo, um jacaré!

Filomeno queria ser grande como um jacaré, ter dentes afiados como um jacaré e ter a força de um jacaré. E pensava:

"Tenho corpo parecido com o de um jacaré, só que eu sou um jacaré em miniatura, bolas!".

Quando ia ao zoológico, Filomeno só ficava olhando jacarés. Só lia histórias de jacaré e perto de sua cama só havia pôsteres de jacaré. Nos filmes de Tarzan, que assistia pela televisão, torcia para o jacaré.

Seu pai, seu Lagartixo, sempre falava:

— Pare de pensar besteira, Filomeno. Você nasceu **lagartixa** e vai morrer **lagartixa**.

— **Buááá!**

— chorava Filomeno. — Eu sou muito pequenininho, muito fraquinho, muito branquelinho. **Eu queria ser um baita jacarezão, bem grandão, bem fortão.**

— O Filomeno não tem jeito mesmo — dizia seu Lagartixo. — **E, afinal de contas, que há de errado em ser uma lagartixa?**

E Filomeno ficava imaginando: "Ah! Se eu fosse um bruta jacarezão, todos iriam me respeitar. Ia botar todo mundo pra correr, até mesmo aqueles dois chatos que sempre caçoam de mim, o cachorro Totó e o galo Teteco…
Mas um dia eles ainda vão me pagar, ora se vão!".

Um dia Filomeno estava lendo, no jornal, **uma história de jacaré quando viu um anúncio que o deixou de boca aberta. Até perdeu o fôlego!**

O anúncio dizia:

Filomeno não acreditou no que estava lendo.

— **Quer dizer que eu posso ser um jacarezão bem grandão, fortão e bonitão?** Que maravilha!

Não pensou nem mais um segundo. Saiu na maior disparada para o consultório do doutor Sapão.

— É o senhor que transforma lagartixa em jacaré? — perguntou ao doutor, assim que entrou no consultório.

— Sim, sou o maior cirurgião plástico do mundo! Posso transformar você até num elefante, mas a minha especialidade é jacaré.

— Que elefante, que nada! **Só quero ser jacaré.**

— Pois vamos lá — disse o doutor Sapão. — Deite-se naquela mesa.

Era uma mesa esquisita, toda cheia de aparelhos estranhos, de rodinhas e manivelas.

Assim que Filomeno deitou na mesa, doutor Sapão apertou um botãozinho e a máquina começou a funcionar. Uma mão mecânica segurou seu rabo, e outra, o seu pescoço.

O doutor Sapão apertou outro botão. A mesa começou a dar pulos e a aumentar de tamanho. Fazia um barulhão danado!

Filomeno, que estava preso à mesa, começou a espichar junto com ela... **E era um tal de espicha pra lá, espicha pra cá** que não tinha mais fim.

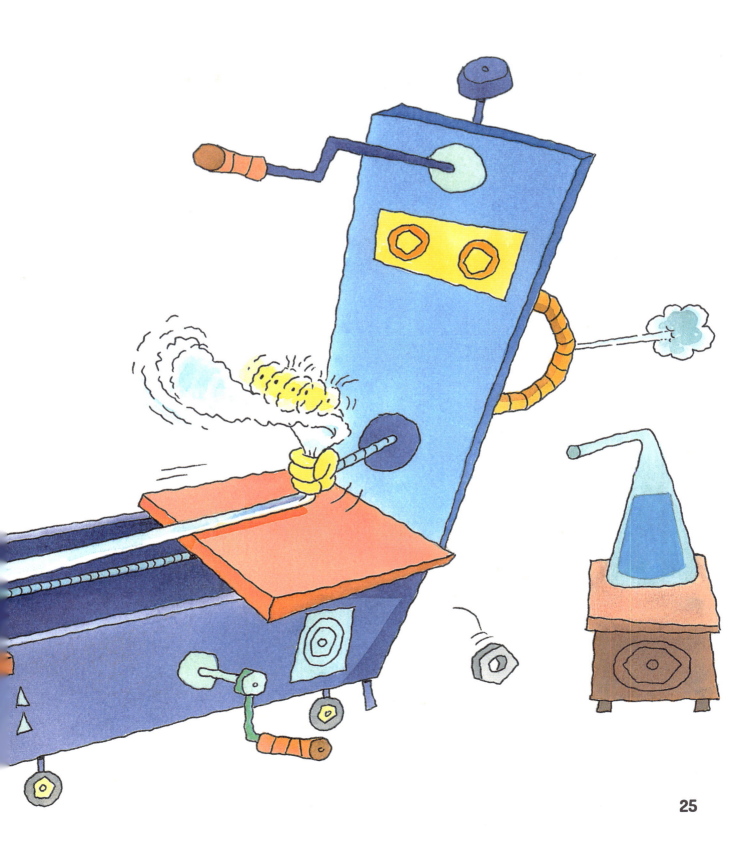

Quando terminou o espicha-espicha, o doutor Sapão falou:

— **Você já está do tamanho de um jacaré. Agora só faltam os dentes.** — E, dizendo isso, pegou uma serrinha, dessas de serrar madeira, e encaixou na boca de Filomeno.

— **Pronto! Você já tem os dentes afiados de um jacaré. Você já é um jacaré!**

Filomeno não cabia em si de tanta alegria.

— Obrigado, doutor Sapão, obrigado!

E saiu na maior disparada, de volta para casa. Seus pais iriam se orgulhar dele. Afinal, era o único "jacaretixa" da família.

No meio do caminho, encontrou o cachorro Totó, que roía o seu osso calmamente, e foi logo dizendo:

— **Não me reconhece, seu vira-lata pulguento?** Olhe bem pra mim!

Totó olhou, olhou, piscou um olho, depois o outro, e não acreditava no que via.

— Sou eu, seu boboca!

— Eu quem?

— O Filomeno, aquela lagartixinha pequenininha que você vivia chateando e que agora é este Jacarezão que você está vendo.

Totó não aguentou:

— **Quiá, quiá, quiá!** Nunca vi coisa tão gozada na minha vida! Quiá, quiá, quiá! **Você é uma linguiça com dentes, isso sim!** Quiá, quiá, quiá! — e Totó rolava de tanto rir. — Uma linguiça, uma bela linguiça falante!

— Você está é com medo. Está rindo pra disfarçar, seu vira-lata.

Enquanto Totó ria, alguém se aproximou. Era o galo Teteco.

— Que barulheira é essa? — perguntou Teteco.

— **É essa coisa gozada aí na sua frente** — respondeu Totó.

— Que há de tão engraçado numa minhoca?

— Minhoca? Olhe bem pra mim, sua... galinha choca! — berrou Filomeno. — **Sabe quem sou eu? O Filomeno. Aquela lagartixinha pequenininha que você e o Totó viviam chateando!**

— Lagartixinha? **Você é uma grande e apetitosa minhoca com dentadura!** Quiá, quiá, quiá! — disse Teteco.

— Seu invejoso! Você tem inveja de mim porque não pode ser **um jacarezão fortão** como eu!

Filomeno não percebeu, mas Teteco já estava lambendo os beiços, ou melhor, o bico.

— Ei, Teteco — disse Totó —, se você está pensando em almoçar essa linguiça, esqueça! Eu vi primeiro.

— Linguiça? Isso aí é uma minhoca, e quem vai almoçar essa minhocona sou eu!

— Você, uma ova! É uma linguiça, e quem vai almoçar essa linguiça sou eu!

— Você, nada. **Eu!** — berrou Teteco, agarrando Filomeno.

E começou a maior briga entre Totó e Teteco. Era pena e pelo para todo lado.

— É minha essa linguiça! — dizia Totó.

— É minha essa minhoca! — gritava Teteco.

Filomeno estava apavorado e, enquanto eles brigavam, aproveitou e **saiu correndo** em direção à casa do doutor Sapão.

— **Doutor Sapão! Doutor Sapão! Quero voltar a ser lagartixa.** O senhor pode dar um jeito?

— Claro! Deite-se naquela mesa.

Doutor Sapão apertou um botão, girou uma manivela e a mesa começou a encolher, encolher, e Filomeno também.

— **Pronto! Agora é só tirar os dentes** e você volta a ser uma lagartixa.